Le mesnil au secret

Jean-François Crocis

Le mesnil au secret

Roman

LE LYS BLEU
ÉDITIONS

ISBN : 979-10-377-6948-0

À Nanou,
À nos enfants, Julien, Natassia et Augustin,
À notre petit-fils, Anatole.

Chapitre I

Rigide et froide dans sa main, la clé ! Infiniment lentement, infiniment doucement, elle lui semble glisser, se lover, enfin se mouvoir. Est-ce la souplesse de sa chair qui lui confère cette vie muette ? Il ne sait ! Et c'est tendrement enlacés, elle et lui, qu'ils vont insérer ce sésame dans la serrure de la vieille porte aux carreaux noircis par les années. De leurs deux mains amoureusement nouées, ils tournent la page de leur nouvelle et très ancienne demeure. La frêle frontière roule sur ses charnières grinçantes. Ils descendent une marche et entrent dans une salle où la lumière diaphane joue avec les toiles d'araignée qui pendent en drapés flottant langoureusement à l'air frais qui pénètre. Devant eux, une grande cheminée à l'âtre sombre du feu éteint depuis si longtemps.

ELLE : Regarde, nous ne sommes pas chez nous, nous sommes chez elle !

Lui se retournant promène son regard : il cherche celle qui…

Avançant presque à tâtons, ils écrasent de leurs pas les restes d'une autre vie. Dans le silence, ils attendent émus et impatients. Ils se savent observés. Nul être ne semble vivre ici et pourtant… Une sourde inquiétude mêlée de curiosité les envahit. Ils n'ont pas peur, ils attendent mais ils ne savent quoi.

Là, quatre paires d'yeux les fixent, immobiles. Noire et tapie dans l'angle du mur et de ce plafond aux poutres et solives taillées par quelque bûcheron lointain, elle est en ce lieu ! Sombre et silencieuse gardienne de cette vieille bâtisse. De ses huit pattes, elle s'accroche, semblant léviter dans ce monde étrange. La voilà donc cette fille de légende, cette « Arachné ». Elle songe :

Dans une aube embrumée, aux diaphanes lueurs,
La brise de la nuit, au-dessus de l'abîme,
Telle une poussière me balance à la cime
Courageuse ouvrière aux terribles labeurs.

La nocturne rosée lentement déposée,
D'une main céleste sculpte mon ouvrage,
Traînes de mariées à la blancheur sage,
En lambeaux déchirés, par le vent emportés.

Si chétive et si frêle, sévèrement punie.
Oh puissante Déesse, ton châtiment cruel,
Vindicte jalousie, ton outrage éternel,
Si folle inconsciente, naguère m'ont avilie.

Dans le labyrinthe, toi, fille de Minos,
Profitant de mon fil, Athènes tu sauvas.
Cruelle destinée, ton amant te laissa
Trahissant l'hyménée, repoussant vos noces.

Telle une condamnée, aux recoins des chaumières,
Agissant en silence, j'orne de dentelles
Pierres aux murs dressées, à l'abri des poutrelles
De petite condition à jamais prisonnière !

Ils savent enfin de qui ils sont la proie dans ce silence moins pesant. Ils sont conscients qu'en accrochant à leurs cheveux les dentelles qui pendent du plafond, de leur hôte ils ont détruit l'ouvrage.

Le torchis recouvert de plâtre cache, sur les murs, les pierres. Là où s'accroche la noire araignée, l'enduit a disparu laissant apparaître dans la pâle clarté une blessure où l'on devine un morceau d'assemblage que d'anciens maçons ont érigé à la force de leur corps. Dans l'immobilité profonde des deux humains qui la fixent, elle détache lentement de sa masse velue et sombre une patte aux segments rigides comme un bras mécanique… Puis, une autre… Elle s'assure de ses huit yeux que les statues ne bougent plus. Alors infiniment lentement elle commence à avancer dévoilant sous elle une tache noire sur la pierre calcaire à la blancheur salie. Elle va se réfugier dans la profondeur d'un interstice formé par le mariage d'une poutre et d'une solive.

Toujours silencieux, ils se regardent, étonnés face à la marque verticale et noire de suie. Se prenant par la main, ils avancent pour mieux voir. Le relief de la pierre semble souligner les formes d'une longue silhouette.

ELLE (*Susurrant tout bas*) : Tu la vois ?

LUI : Je ne sais. Il fait si sombre et plus nous approchons plus nous cachons la lumière.

ELLE : Regarde ! On dirait une femme !

LUI : Le hasard a forgé ici la blancheur grise de la pierre et la noirceur de la suie pour former l'image de nos yeux !

Ainsi, devant eux :

Une femme allait dans le vent de la rue,
Telle une ombre en sa noire silhouette
Sa robe, triste et sombre, dessous la houlette
Du passeur de vie, troublait leurs yeux à sa vue.

De ses pieds menus, elle cheminait à petits pas.
Seule dans le songe profond de son malheur.
Son regard immobile n'était que douleur,
D'alentour, elle ne voyait qu'un souvenir las !

Tout n'était qu'ombres fuyantes le long d'elle.
L'hiver recouvrait les couleurs de ses ailes.
Si blanche semblait la place dans la brume.

Comme un noir oiseau de nuit qui le soir hume
La froideur glaçant les âmes sans offense,
Elle marchait tenant le poids de sa conscience.

Chapitre II

Immobiles tous les deux, ils scrutent le mur à la recherche de l'image à leurs yeux disparue. Lentement la lumière du jour a fait place à la clarté violente de la pleine lune qui traverse de ses rayons les carreaux noircis de la fenêtre. Et face à eux se détache sur le mur blanchâtre leur ombre. Ils se voient ainsi comme un dessin sur le plâtre nu. Un traître nuage les plonge alors dans une obscurité profonde. Ils se prennent la main et doucement leurs doigts se caressent. La force du vent pousse au loin la noirceur et lorsqu'apparaît à nouveau Séléné, leur ombre s'est détachée d'eux et dessine là deux êtres à la tête penchée comme des orants. Au loin sonne une cloche. Pour eux, leur foi s'est arrêtée à l'enfance. Ils ne croient plus et, surpris, regardent leur image reflétée qui murmure tout bas :

Au crépuscule, dans le lointain village,
Vient du clocher l'annonce de la prière.
L'instant se fige en un simple partage.
La vie s'interrompt dure comme la pierre.

Au son de l'Angélus s'allongent les ombres.
Lui, plein de piété regarde ainsi la terre.
Elle, le front penché, voit la nuitée sombre.
Tous deux, dans le silence prient Dieu le Père.

Dans leur aussi profonde immobilité,
Le soir les plonge dans leurs si douces pensées.
Alors disparaît le monde des laboureurs.

De rentrer chez eux il sera bientôt l'heure.
Ils vont retrouver leurs tout petits tendrement,
Marchant en silence dans leur recueillement.

Un frisson parcourt leur dos se prolongeant jusqu'à leurs mains jointes. Déjà sur le mur s'est effacée l'image.

Son rire vient à briser leur harmonie inquiète.

LUI : Nous sommes épuisés, notre imagination écrit sur nos rétines ce qui n'est qu'invention ! Il va nous falloir rentrer pour nous reposer.

ELLE : Oui ! Si ça continue, nous allons voir un être cornu avec sa queue fourchue !

Et tous deux rassurés par leur voix qui les rappelle à la réalité, se dirigent vers la porte qu'ils avaient refermée derrière eux.

LUI : Un son de cloche dessine des êtres priant. Bientôt le jappement d'un chien sera celui d'un loup-garou ! C'est avec nos oreilles que nous voyons !

Le grincement des gonds rend l'atmosphère plus lugubre encore, mais le bruit rassurant de la clé qui tourne enferme tous ceux qui vont les attendre…

Là, dehors face à la maison, le champ de pommiers. Tous deux s'arrêtent. Leurs mains se cherchent et tendrement s'enlacent. Muets devant la beauté de la nature, ils contemplent le paysage offert. Elle songe alors :

Dans le soir tombant sous la lune limpide
Deux pommiers rêvaient dans leur sombre feuillage.
Un frisson de brise caressa timide
Dans le silence de la nuit leur ramage.

L'un, immobile, si doucement chuchota.
Était-ce un songe ou bien alors le pommier ?
Je ne sais mais une prière s'éleva,
Douce mélopée sous la lune qui brillait.

Un hululement lointain surgit de la nuit,
Alors soudain le bruissement devint un cri
Dans le fouillis enfoui de leurs frêles feuilles.

J'entendis les mots que doucement l'on cueille.
Ils disaient dans le murmure de leurs branches
La vie qu'au ciel écoutait la lune blanche.

Chapitre III

En cette fin d'après-midi, ils arrivent armés de nombreux outils. Ils ont surtout des marteaux, des burins, de quoi dégager les murs de pierre. Ils ont décidé de commencer par là leur travail de rénovation pour rendre habitable leur vieille maison.

La clé tourne dans la serrure, la porte grince. Ils entrent dans la semi-obscurité de la pièce. Ils ne parlent pas, concentrés qu'ils sont. Ils ont déjà revêtu des vêtements appropriés, de vieux jeans, de vieux pulls et ils ont enfilé de gros gants.

Rien n'a bougé dans la fraîcheur sombre. Aussitôt leurs yeux se dirigent là où ils l'ont vue l'autre jour. Elle semble les attendre immobile et noire. Petit à petit elle détache ses pattes et part lentement se réfugier dans l'interstice qui semble être pour elle le lieu sûr où personne ne peut l'atteindre. Toujours silencieux, ils s'approchent de « son » mur et doucement caressent sa peau de torchis comme s'ils voulaient l'apprivoiser avant de la blesser dans la violence de leurs outils. Tous deux lèvent leur marteau pour aller frapper les burins déjà glissés dans les coupures profondes qui séparent quelque peu l'enduit des pierres. Une plaque se détache d'un bloc dans la poussière de ses souvenirs. En touchant le sol, elle éclate en plusieurs morceaux. Dans le silence de la pièce, la violence de leur acte se répercute sèchement. Il leur semble attaquer lâchement l'œuvre d'anciens ouvriers. Est-ce ainsi que meurent les souvenirs ? Le terme « rénover » leur vient à l'esprit. Ce faisant ils effacent à jamais la mémoire d'un lieu, celle des hommes qui ont épuisé leur corps à construire un abri pour se protéger de la violence du monde. À peine bougent-ils que leurs pieds écrasent le bloc détaché dans le crissement et le claquement sec de la rupture. Ils se regardent intensément, cherchant chez l'autre le soutien nécessaire à l'accomplissement de leur acte.

ELLE (*rompant le silence*) : Tu sais nous serons bien ici. Nos fils grandiront dans la chaude protection de cette demeure, de « notre » demeure.

LUI (*souriant*) : Bien sûr, ici nous allons écrire la suite de son histoire, de sa vie, de notre histoire, de notre vie. Nous sommes liés à jamais.

Face à la blessure profonde qui a dégagé quelques pierres, ils se reculent et contemplent.

Là sous leurs yeux se dessine en volutes arrondies une danseuse bras levés et claquant du talon :

Gitane, de tes arabesques colorées
Embrasse les silhouettes, flammes de leur corps.
Visage de vierge incliné sur ton sort,
Dansant dans la mouvance des traits en drapés.

Musique du peintre de notes enroulées,
Ton univers fluctue dans tes accords violents.
Cette immobilité redevient mouvements.
De ton pinceau tu joues une danse rythmée.

Les couleurs s'entrelacent dans la pertinence,
S'apaisant dans la douceur de leur mouvance
Les robes andalouses dessinent des chants !

La noirceur des toros, le rouge de leur sang
S'unissent sur le sable de l'arène jaunie
Dans le soir où tu vis, Andalousie, ma mie.

ELLE : Regarde bien, ce que nous voyons sont nos souvenirs. Rappelle-toi ces vacances au sud de l'Espagne, ces soirées imprégnées du son des castagnettes. La violence fière du Flamenco !

Du son de la guitare écoute ton âme,
Les cascades de notes roulent sur tes hanches,
Gitane dansant comme les doigts sur le manche.
La violence des accords allume ta flamme.

Des sombres cafés enfumés de Séville
La lumière naît de ta musique, Gitan !
Vois ta main qui court sur les cordes d'argent.
Les claquements des palmas font danser les filles !

La fierté de ton peuple, si bel Andalou,
Du Flamenco à l'ombre des rues de Cordoue
Fait courir tes doigts dans le son des castagnettes.

Cambrée, fière, tu dessines déjà fillette,
De tes hauts talons frappant le sol, l'Alhambra
Et ta robe de feu enflamme la Sierra !

Ils se sont rapprochés tous les deux et contemplent le mur de leurs souvenirs.

LUI : Tu vois déjà la maison a pris possession de nous. Ces pierres, de leurs reliefs et de leurs teintes, nous offrent les images et les sons de nos souvenirs. Nous étalons nos couleurs sur ces tableaux noirs et blancs et dans le silence nous entendons leur musique !

Chapitre IV

Maintenant, comme des orfèvres, de leurs outils, ils déchirent précautionneusement une nouvelle page de plâtre, s'attendant à trouver une image sortie de leur imagination.

Ils se reculent pour voir et rien n'apparaît à leurs yeux. Elle se déplace lentement, scrutant les pierres une à une. Ses doigts les caressent, cherchant la faille, les creux et les bosses. Elle dessine lentement de sa main les blocs. Elle essaye de voir comme une aveugle et rien ne paraît.

ELLE : Non, rien, il n'y a rien !

Et c'est déçus qu'ils lèvent à nouveau leur outil, espérant découvrir la vie qui se cache derrière la peau de torchis. Leur geste s'arrête. Leur bras levé ne s'abat pas. En se déplaçant, ils ont cru que… Alors, tout doucement leurs yeux apprivoisent le relief complexe des pierres et là, il leur semble voir un visage. De ses doigts elle parcourt cette image qui leur avait échappé.

ELLE : Là, regarde son contour : ici sa fine moustache, ici le trait vertical d'une mince barbe qui coupe le menton en deux et ici encore les yeux… bridés !

Sa main passe maintenant sur une autre pierre et dessine l'image d'une petite cabane toute ronde…

ELLE : C'est une yourte !

Le noir, le blanc, le blanc, le noir, tracent les signes d'une écriture et d'un tableau inconnus !

Dans les larges steppes, les éleveurs mongols
Chantent des mélopées, prières de leur monde.
De leur roseau calame, l'encre noire inonde
Le parchemin écru, traces de pas sur le sol.

Leur vie double est secrète. Ainsi leurs voix profondes
Invoquent de leurs Dieux la sagesse sereine.
La main de l'un d'entre eux dessine pour sa reine
S'enlacent blanc et noir en déliées et rondes.

Dans la yourte endormie, au son grave du chant,
Des chevaux renâclant répondent hennissant.
L'homme au chant diphonique d'ici-bas prie là-haut.

Si terrible froidure, dans leurs épais manteaux,
Appelant les esprits, leur âme au loin s'enfuit.
Dans leur monde double, la mort côtoie la vie.

Étonnés, surpris, ils se regardent longuement. Est-ce le dessin voulu par un homme ? Est-ce toujours celui de la pierre ? Déjà face à eux ce n'est plus leur âme qu'ils contemplent. De son doigt elle parcourt à nouveau l'infime saignée qui effleure la roche. Quelques croûtes de crépis emplissent çà et là le trait, les empêchant d'appréhender l'œuvre en un regard.

ELLE : Quelque ouvrier s'est sans doute amusé à dessiner ici !

LUI : Reconnais quand même que le sujet est surprenant ! Qui pouvait connaître à l'époque de la construction les grandes plaines de Mongolie ? Peut-être un grand voyageur ? Ou alors est-ce encore une fois le jouet de notre imagination ?

ELLE : Les images précédentes ont toutes disparu, celle-ci non ! Elle ne peut être le fruit du hasard, de la rencontre des ombres et de nos yeux. Elle est née de la volonté d'un homme !

Alors, de plus en plus précautionneusement, ils vont à nouveau essayer d'ouvrir une nouvelle page. À peine ont-ils fait tomber une petite plaque de plâtre, qu'apparaît un bateau chahuté par de fortes vagues qui s'enroulent autour de lui. Des têtes apparaissent noires de suie, d'autres de la blancheur de la pierre. La mouvance des flots dessine des fouets, des chaînes…

Arrachés à leur terre natale, ils s'en vont.
Sous la vindicte cruelle, ils courbent le dos.
Les fouets caressent violemment leurs pauvres os.
La marche est lente et si pesante sur le pont.

Les archets, férules des hommes attachés,
Dans la violence d'un sombre lamento,
Extirpent de longs gémissements musicaux
Aux cordes qui entrent dans la chair des poignets.

Lors, les violoncelles dans leur ventre brûlant,
Cales des bateaux au son grave résonnant.
Ne rien dire pas même des soupirs cachés.

Dessous le regard des terribles négriers,
Rejoignant ainsi la noirceur de leur cachot,
Tellement semblable à la couleur de leur peau !

Ils se serrent l'un contre l'autre, inquiets et curieux. Qui donc a pu ?... Qui donc est derrière cela ? Ils n'ont pas vu les quatre paires d'yeux qui les regardent dans la noirceur de la nuit qui tombe.

Chapitre V

Cela fait maintenant une semaine qu'ils ne sont pas revenus. Ils sont restés avec leurs fils, Grand Jules et Petit Auguste. En cette fin d'après-midi, Mamie Nounou les garde chez elle. Ils n'ont cessé de penser au mur et à ses secrets. Après avoir tourné la clé, ils sont entrés dans la salle découvrant là le temps suspendu. Leurs outils au sol les attendent. Ils sont les sésames d'un monde caché, ou bien sont-ils simplement les baguettes magiques de leur imaginaire.

L'un et l'autre caressent doucement le mur, cherchant une faille qui leur permettra d'insérer la pointe aiguisée du burin. Ils ne peuvent s'empêcher de regarder avec attention les pierres au mur. Si les premières images ont disparu à leurs yeux, les dernières trouvailles apparaissent clairement.

Ils ne se sont pas trompés et c'est avec d'infinies précautions qu'ils vont abattre leur marteau sur le fer qui s'immisce par à-coups dans la chair granuleuse. Une plaque se détache brusquement, éventrant la surface lisse et verticale. C'est avec beaucoup d'émotion qu'ils regardent, qu'ils déplacent leurs doigts glissants sur les pierres, les auscultant. Rien ne leur apparaît. Alors, longuement, ils essaient de voir.

ELLE : Ce n'est pas possible, cela ne peut pas s'arrêter ainsi. Sans doute avons-nous trop rêvé !

LUI se penche sur le torchis tombé au sol et il lui semble voir à son bord une infime trace d'un vert lavé, dilué, fade, peut-être même inexistant. Bien sûr il y a aussi la couleur ocre de la terre à laquelle se mêlent les brins de paille.

LUI : Ne vois-tu rien ici ?

ELLE : Oui, comme un trait de couleur !

Alors tous deux cassent de leurs mains le bloc qui vient de se détacher. Les fibres du torchis ne ressemblent pas aux autres, elles sont plus filandreuses.

ELLE : Ces tiges aux feuilles desséchées ressemblent à des orties. Cela expliquerait alors la pâle couleur verte qui marque la terre.

LUI : Tu sais, peut-être qu'à ce moment-là le maçon a manqué de paille et l'a remplacée par ce qui était à sa portée. Cela se faisait parfois aussi avec de la fougère.

Et infiniment lentement, sans utiliser la force de leur marteau, ils essayent, en faisant levier avec leur burin, de détacher le pan qui reste accroché au mur. La couleur verte s'intensifie sous le torchis buvard d'une teinte pâle. Là, leur apparaissent les arbres, les rochers, la plage de terre ocre et les vagues au sommet d'écume blanche…

Ta brosse mouillée des embruns de ta palette
Par touches profondes fait naître l'écume.
Au loin, soleil levant, les ombres de la brume
S'éloignent dans la blancheur que l'eau reflète.

Tes bateaux immobiles sur l'ocre peinture
De ton sable peigné d'un indolent pinceau,
Silencieux dorment en un profond repos,
Soupirant à leurs escapades futures.

Fierté des maisons dans la dureté du roc
S'évanouissant dans les eaux profondes des docs.
Ciel et mer qui de leurs couleurs se répondent.

Rigidité cubique aux brisants des ondes,
Engloutissant ces formes géométriques
Dans la souplesse des remous océaniques.

De leurs yeux embués par leur fixité, ils découvrent peu à peu la suite des secrets qui dans leurs murmures s'offrent à eux.

ELLE (*brisant le silence*) : Quelle beauté cachée nous réserve ce mur ? Te rends-tu compte que nous découvrons là des marques enfouies depuis la construction de la maison. C'est son âme que nous contemplons ou bien celle de…

Lui se penche alors sur cette pierre encore partiellement recouverte. Il lui semble percevoir une saignée discrète sous la pulpe de ses doigts. Tout doucement, il tourne une nouvelle page et découvre une terre au milieu des flots qui se mêlent en courbes aux lourds nuages. Des bateaux à l'amarre entourent l'île.

Ami, écoute la douleur des ciels bretons !
Barques voguant dessus la houle musicale,
Les notes, écumes des vagues, claires opales,
Rythme des gavottes de leur ronde chanson.

Rochers dressés dans les graves accords plaqués.
Diamants éclairés, éclaboussures d'eau !
Sur le rythme régulier, mouvance des flots.
Vagues musiciennes joyeuses et nacrées.

Notes, gouttes d'argent s'échappant du clavier,
Déchirant la musique, fragile papier.
De la vie paisible aux puissants souffles de l'île.

Aux ardeurs douces caressant ta terre asile.
Molène ! Violence de tes flots embrunis.
Immobile sous de tels assauts, tu souris !

Chapitre VI

Ce soir, assis au bord du lit de leurs deux fils, ils regardent ensemble le grand livre d'images. Nounours fait encore des siennes. Il renverse son seau d'eau sur le château de sable de Belette. La plage est grande et belle. Une étoile de mer dort dans un coin de la page. Les vagues au loin lentement bruissent. Deux bateaux glissent au large, poussés par la douceur de la brise.

GRAND JULES : Nounours, c'est un enfant ?

PETIT AUGUSTE : Moi, je crois que c'est un marin. Il a un bonnet rouge sur la tête.

GRAND JULES : Mais non ! Au lieu de s'amuser sur la plage, il attraperait des poissons !

ELLE : Ça doit être plutôt un enfant-marin. Des fois, il joue, des fois il pêche.

Les deux gamins reprennent avec application l'un son pouce l'autre sa « tototte », rassurés qu'ils sont d'avoir eu tous deux raison.

Dans la douce langueur du sommeil qui tombe, le bruit des pages tournées rythme la respiration des deux enfants qui s'endorment. Infiniment doucement, elle et lui se lèvent, posant délicatement le livre à images près du lit. Il ne serait pas question de passer une nuit sans la présence de ces personnages qui habitent les pages.

Allongés dans leur grand lit, ils se prennent la main comme quand ils sont là-bas dans leur étrange maison. Leur esprit n'a de cesse de penser à leur mur à images. La dernière fois qu'ils y sont allés, ils ont découvert un dessin rond comme la yourte qui trône toujours dans le coin de la page de pierre. Cette fois-ci il semblait s'agir d'un manège. Un peu de vert, un peu de rouge, un peu de jaune égayaient le tableau. Teintes de la nature : d'orties, de fleurs de coquelicot, de terre ocre.

Tourne ! Tourne ! Le manège !
Dans la douceur de la fête.
Couleurs vives dans la neige.
Balancement lent des bêtes.
Aux cris de bonheur des enfants,
La musique si lancinante
Leur répond toujours dans le vent :
Écoutez la chanson charmante !

Du cheval au petit cabri,
De l'âne au si mignon mouton,
Du rat à la jolie souris,
Sautent les enfants tout le long.
L'un rit en découvrant sa joie.
Il crie de sa voix perçante.
Un autre s'accroche à une oie.
Écoutez la chanson charmante !

Tout autour, Papa et Maman,
Joyeux de voir leurs tout petits
Rient toujours en les admirant,
Les montrant à leurs amis.
C'est dans cette belle soirée,
Que se tournent les passantes
Vers ce carrousel coloré !
Écoutez la chanson charmante !

Tournez ! Montez et descendez
Chevaux de bois sur la pente !
Les yeux sont tout illuminés !
Écoutez la chanson charmante !

Dans le noir de la chambre, il leur semble voir Nounours et Belette riant aux éclats à côté de leurs deux fils sur le manège qui tourne, qui tourne. Mais ils ne peuvent oublier cette sombre silhouette d'une femme qui s'éloigne. Est-ce celle que cachait le corps velu de l'araignée ? Ils ne savent. Dans ce décor de fête dont elle s'éloigne naît une profonde tristesse comme si l'ombre de la suie imprégnait le mur de mélancolie.

Je me souviens dans ce village abandonné
De ce bal étrange où dansaient les amants.
La musique semblait venir de ces allées
Où marchaient, silencieux, les petits enfants.

Je me souviens de ses cheveux au gré du vent.
Ses yeux éperdus criaient à tous son amour.
Sage et timide, elle attendait sur le banc
Celui qui d'un geste l'aimerait toujours.

Je me souviens de cet enfant qui lui donnait
Ce papier griffonné, messager du secret.
Ses yeux s'embuèrent de larmes.

Je me souviens alors de ce bal sans charme.
Elle s'est levée et lentement, elle est partie.
Je l'ai ainsi regardée fuir vers l'infini.

Tous deux alors vont rejoindre leurs enfants dans le sommeil de leur livre à images, cheminant lentement dans les pages qui tournent en gardant leur secret.

Chapitre VII

Cette nuit, la tempête s'est levée. Ils ont été réveillés par le bruit du vent dans les volets. Ils ont prêté l'oreille pour savoir si les enfants dormaient bien. C'était le cas, alors ils se sont rendormis au milieu des éléments déchaînés.

Ce matin, ils se lèvent, s'extirpant doucement de la chaleur du lit. Ils se préparent sans bruit, déjeunent et vont réveiller leurs enfants comme tous les jours de la semaine. Le gros câlin du lever enlace les bras de Grand Jules et de Petit Auguste autour de leur cou. Ils les soulèvent lentement. Leurs yeux sont encore fermés et peu à peu les lourdes paupières dévoilent leurs regards perdus dans les songes de la nuit.

PETIT AUGUSTE : Papa, c'est quoi ce bruit ?

LUI : C'est le vent mon chéri !

PETIT AUGUSTE : C'est quoi le vent ?

LUI : C'est la respiration des nuages. Regarde comme ils courent vite. C'est pour ça qu'ils sont essoufflés comme quand toi tu joues avec les copains !

Rassuré, il reprend sa « Tototte » qu'il avait enlevée pour poser sa question. Il reste songeur cependant devant la pluie qui s'écrase sur les carreaux. La « suce » rejoint la main libérant ainsi la parole.

PETIT AUGUSTE : Papa, c'est quoi la pluie ?

LUI : Ce sont les gouttes de sueur des nuages. Tu vois, ce matin, ils transpirent beaucoup parce qu'ils vont très vite.

Grand Jules regarde ses parents avec un air complice. Lui, il sait ! Mais que sait-il en fait ? Ce qui est sûr, c'est que les « c'est quoi ça ? » du petit frère lui donnent un sentiment de supériorité et pourtant jamais il ne répond, laissant ses parents inventer les réponses.

« C'est quoi ça ? C'est quoi ça ? C'est quoi ça ? »

GRAND JULES (*légèrement agacé*) : Arrête ! Tu poses toujours la même question. Tu verras quand tu seras grand comme moi, tu ne demanderas plus…

Et c'est dans la douceur chaude de la maison qui résiste aux assauts de la tempête que se terminent les préparatifs. Ils vont tous rejoindre leurs occupations du jour.

À la fin de l'après-midi, après le travail, elle et lui se retrouvent pour peu de temps en face du « mur au secret ». Pour la première fois, il leur semble que la pierre communie avec le « dehors ». Là, une silhouette regarde par la fenêtre la tempête qui rugit. La nature, dans sa violence, insuffle la vie aux images figées. Est-ce ainsi que naissent les vivants dans le souffle des éléments ?

La frénésie des gouffres frappe le naufragé d'effroi
Dans le fracas effrayant des frimas et du froid.
Comme une flamme floue le souffle siffle
Sur les effluves du flux et du reflux qui enflent.
Un grondement grave sous le grain grandit
Égratignant la grève de granit gris.
Le castel recueilli s'accroche à ce cruel décor.
Les pics et les rocs combattent sous les chocs encore
et encore.
Silencieusement et pensant, il entend le vent
Savourant délicieusement le déchaînement des
éléments.

Comme frappé par la violence des vagues, le crépi se détache en forme de losange. Dans le silence de la pièce, ils ne peuvent s'empêcher de se dire : « C'est quoi ça ? » Ils se retrouvent dans l'innocence de l'enfance face à ce qu'ils ne comprennent toujours pas. Que veut donc leur dire ce mur ? Devront-ils inventer des histoires comme ils le font pour répondre à leurs enfants ? À l'évidence, derrière tout cela, une main a composé ces tableaux !

Devant eux apparaît un grand voilier dont l'étrave a éclaté sur la pierre qu'un violent coup a fait s'ouvrir comme une étoile. Violence des éléments, fragilité des âmes.

Mort
Au loin
Tu t'endors
Triste marin
Sur les gouffres verts
Des abysses profonds
D'une si lointaine mer
Aux écueils de Poséidon
Bercé par les remous de ta coque
Au-dessus des gouffres glauques
Va ainsi tendre esquif
Sur les récifs
Fracassé
Noyé

Chapitre VIII

Maintenant, là devant eux, tout un pan de mur est dégagé. Ils l'ont découvert comme on lit de gauche à droite et de haut en bas. Ils ont agi instinctivement, ils n'ont pas réfléchi, espérant sans doute découvrir un message sorti d'un lointain temps. Au milieu trône la cheminée. À sa droite rien n'a bougé. Le plâtre lisse et ondulé cache toujours les pierres et leurs secrets.

Un fort rayon de soleil vient frapper le manteau de l'âtre bien au-dessus du foyer, accroché aux solives du plafond. La chaleur glisse entre les nuages, les écartèle et peu à peu semble les chasser dans un puissant effort. La lumière éclaire la grisaille et donne du relief à tout ce qu'elle touche.

Elle et lui s'éveillent à la douceur des rayons. Ils se mettent lentement à bouger et sortent de la chrysalide de leur immobilité face au mur qui se dresse fièrement devant eux.

ELLE : J'aimerais ouvrir la fenêtre pour sortir la pièce de cette langueur endormie.

Elle tourne alors la poignée de la crémone. Le bois gonflé résiste à sa traction. Il lui vient en aide et à deux ils parviennent à inviter la chaude lumière à prendre possession des lieux. Une forte bourrasque comme le dernier sursaut de la rageuse tempête arrache les gouttes de pluie restées accrochées aux vitres depuis la dernière averse. Elles vont avec violence frapper le manteau de la cheminée comme si quelque géant giflait la paroi. L'eau griffe le mur en glissant lentement. Une tache sombre rougit à l'humidité et tout doucement, comme si un peintre passait son pinceau trempé de l'encre de pluie, apparaît l'ombre d'un visage. Les gouttes en glissant insufflent la vie à l'immobilité du trait.

L'un comme l'autre montent sur le petit escabeau à double marches. Ils s'approchent du mur. Le crépi buvard a, semble-t-il, absorbé le tableau en affadissant les teintes. Lentement, ils dégagent les pierres et face à eux le visage d'un homme au bonnet rouge paraît leur parler en un langage silencieux.

De ses cheveux lisses et peignés en arrière
De son front sans rides mais oh combien soucieux
De ses sourcils froncés sur sa sévérité
De ses yeux ouverts sur un monde inconnu

De son nez fin et droit d'une hellène statue
De ses joues couvertes d'une barbe claire
De ses oreilles à l'écoute du monde
De sa bouche close au mot qui ne vient pas
De son menton carré qui dit sa volonté
Naît ce visage autoportrait du peintre.

Ils ne bougent plus, devenus eux-mêmes statues, figés dans la contemplation proche de cet inconnu. Son visage blanc de la pierre calcaire semble plongé dans une méditation heureuse ! Leurs yeux s'embuant de larmes fixent à l'infini cette révélation.

Est-ce ici le Nounours du livre d'images, ce héros qu'aiment les enfants ? En voyant son bonnet rouge déjà c'est un marin qu'ils contemplent. Son regard plein de douceur semble dirigé vers un autre secret. À la page qu'ils tournent à nouveau paraît un visage noir de suie. Les traits sont fins, les cheveux crépus et arrondis au-dessus de la tête prennent vie… L'un et l'autre se reculent. Ils n'osent imaginer… Bougeant avec une lenteur mécanique au milieu de ce buisson broussailleux, elle avance déployant ses pattes. Ses yeux ne les quittent pas. Encore une fois, elle leur dit qu'elle est la maîtresse des secrets et des lieux. Les deux visages tellement proches s'unissent dans le trait d'union qu'elle forme, passant de l'un à l'autre comme si elle était l'image de leur amour.

Mes yeux flottaient sur les flots si calmes si bleus
Mes pas me menaient vers l'immensité claire
J'avançais seul face à l'horizon merveilleux
J'allais m'éloignant lentement de la terre.

Les empreintes de tes pas menaient aux algues
Ton ombre au loin se dessinait sur la plage
Tu semblais glisser lentement sur les vagues
Tu jouais insouciante de ton jeune âge.

Je m'aperçus bientôt que je suivais tes pas
Tu marchais ainsi devant moi tout près là-bas
Alors tu t'es retournée tu m'as regardé
J'étais à l'orée de ton ombre arrêté.

Nos regards se sont enlacés si tendrement
Nos corps immobiles s'attiraient doucement
Nous nous sommes souri et nos bouches ont crié
Nous étions surpris et nous nous sommes aimés.

Dans le silence profond de la pièce, ils se rapprochent face à face, leur regard perdu dans les yeux de l'autre. On dirait que les images se reflètent sur eux.

Au mur, lui tout blanc, elle toute noire ! Le blanc, le noir, le noir, le blanc ! Le chant diphonique s'élève en eux ; double couleur de deux êtres qui s'aiment. Des voix d'hommes dans l'harmonie de leur profondeur montent au lointain : ce sont celles des esclaves contraints sous le joug des négriers.

Leurs yeux parcourent le mur cherchant à comprendre et s'arrêtent à nouveau sur les deux visages inscrits comme un médaillon au-dessus de la cheminée. De chaque côté des deux profils qui se font face apparaissent des caractères gravés sur les pierres.

ELLE : Regarde bien, ce sont deux textes écrits ici. C'est la première fois !

Il prend alors la brosse qu'ils utilisent pour chasser les bribes de crépi qui restent accrochés et devant eux une écriture cunéiforme déroule ses mots :

ELLE : Lis bien le premier texte puis le second d'une façon verticale et ensuite lis les deux ensemble horizontalement. C'est la belle image de l'amour : deux vies qui se rejoignent pour ne former qu'une histoire !

Un fort rayon de soleil entre dans la pièce et projette sur le mur l'ombre de leur visage qui se fond avec l'image des deux inconnus.

Tapie dans la noirceur de sa chevelure, elle les regarde prenant petit à petit possession d'eux comme si elle était le passeur du monde de la maison.

L'un et l'autre ne bougent pas, il leur semble être face à eux-mêmes et comme leur ombre, ils deviennent les âmes du mur.

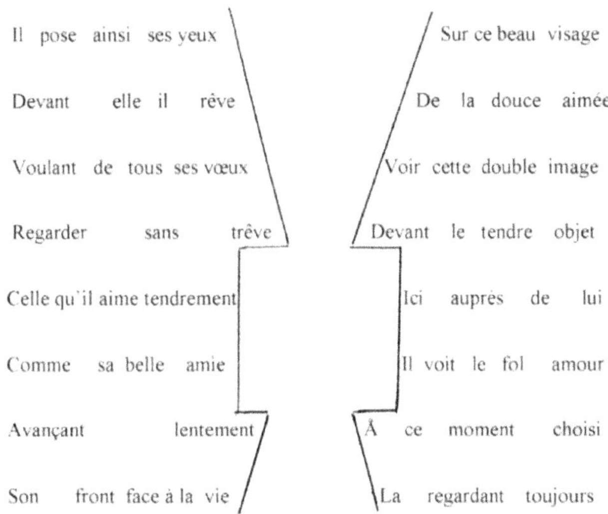

Chapitre IX

Ce soir, les deux garçons sont allongés à plat ventre sur la moquette de leur chambre. Ils sont déjà en pyjama. Appuyés sur les coudes, ils contemplent le grand livre à images.

GRAND JULES : Moi, je serais Nounours !

PETIT AUGUSTE : Non ! C'est moi !

Entre eux le ton monte quelque peu et pourtant c'est le moment de calme avant d'aller se coucher !

GRAND JULES : Toi, tu serais Belette ! D'accord ?

PETIT AUGUSTE : C'est pas possible ! Elle c'est une fille et moi je suis un gars !

Ce dernier depuis qu'il sait parler a toujours répondu, d'un air volontaire, « Oun GARS » à ceux qui lui demandaient : « et toi tu es qui ? », et il pouvait le répéter d'un ton de plus en plus ferme.

Ils ont replié leurs genoux et leurs pieds dessinent de belles arabesques de plus en plus rapides.

GRAND JULES : Non ! Là ! Tu serais Roudoudou le singe !

Petit Auguste regardant la nouvelle page que son frère vient de tourner s'approprie tout de suite le personnage. Il est rigolo, il grimpe partout et fait rire les autres.

Les deux enfants, projetant leur ombre que dessine la lumière du plafonnier sur le grand livre, participent pleinement à l'histoire. Le conditionnel de « je serais » ou « tu serais » disparaît, remplacé par le présent qui affirme qu'ils « sont » les personnages. Et c'est dans cette métamorphose si évidente pour les enfants, qu'ils vivent leur histoire sur les grandes pages au papier glacé de leur livre. Sur la plage de sable fin, sur les rochers escarpés, leur esprit vagabonde. Tout haut, ils racontent leurs aventures. Ils sont heureux. Là, une mouette crie en les apercevant. Grand Jules a pris la pelle et le seau et fabrique un beau château. Petit Auguste ramasse des coquillages pour orner les tours. L'édifice qu'ils ont construit leur semble si beau… trop beau… Ils se précipitent à pieds joints pour lui sauter dessus… La porte s'ouvre… Papa et Maman, en arrivant pour leur faire un câlin avant de les coucher, viennent de détruire le château. Décidément, les adultes ne comprennent rien ! Ils ne peuvent imaginer… Et pourtant là un personnage au bonnet rouge surgit du livre, les imprégnant d'une autre image…

GRAND JULES : Moi je suis Nounours !

PETIT AUGUSTE : Moi je suis Roudoudou !

Et eux qui sont-ils ? Ils ont l'impression d'être les trouble-fête, d'être ceux qui ne veulent pas voir, ceux qui ne peuvent pas comprendre ! Ils ont sans doute perdu leur âme d'enfant, celle qui permet de communiquer avec le monde, le vrai monde, pas celui des apparences mais celui que l'on a bien enfoui au fond de soi.

Et les enfants vont doucement s'endormir dans leur si joli rêve :

Coucou, Coucou !
Tu cours où Coucou ?
Où court-il ?
Il court où Nounou est.
Elle coud le cou de ton Doudou !
Le coût du cou est fou !
Le Coucou roue de coups la Nounou !
Pas avec des coups doux,
Ni des coups mous !
Ce sont des coups dus au coût !
Le courroux du Coucou est fou !
La Nounou est sous le Coucou soûl !
Le Coucou bout, la Nounou boude !
Le Coucou joue au loup !
Le loup loue le courroux du Coucou !
Nounours et Roudoudou font la roue dans la boue
Et jouent avec le cou de la Nounou…
Coucoucouiiiiiic…

Chapitre X

Explosions de couleurs. Éclatements des fusées de feux d'artifice qui s'élargissent en ombrelles crépitant dans le ciel de la page blanche. Ce matin, Petit Auguste peint. Il plonge son pinceau dans l'eau et la peinture, puis l'écrase violemment sur la feuille qui s'éclabousse de taches et de longs filets, comme lorsqu'on jette une pierre au milieu de l'eau. Perplexe, Grand Jules regarde. Il cherche désespérément ce que cela représente. Il penche la tête de droite et de gauche, il contourne la table et ne comprend toujours pas ! Lassé par cette recherche vaine, il demande enfin à son frère ce qu'il peint. Celui-ci lui répond innocemment qu'il est heureux ! Le pinceau continue à s'écraser comme le nez que l'on plaque sur la vitre et bientôt la page n'est plus qu'une multitude de taches aux couleurs vives. Grand Jules ne peut s'empêcher de lui dire que, sans doute, sa joie déborde comme la peinture sur la table. Au fond de lui-même, bien qu'il doute, il découvre avec surprise que l'on peut peindre son âme, lui qui n'a jamais couché sur le papier que des êtres étranges au gros ventre, aux petites jambes et aux yeux au niveau du nombril, détail essentiel au dessin d'un enfant ! Qu'est-ce qu'un monde sans l'apparence des êtres ? Il ne peut cependant s'empêcher de contempler la feuille et peu à peu, s'immisce en lui ce sentiment qu'il ne pensait pas pouvoir être représenté en « vrai », et ses yeux se perdent dans l'éclaboussure du bonheur de son frère.

Elle et lui sourient devant leurs deux fils et sans doute trouvent-ils la solution à ce qu'ils ont découvert l'autre jour sur le mur à droite de la cheminée, tout en haut. Cette même explosion de couleurs, certes plus pâles que celles du Petit Auguste. Les années passées, le crépi et les pierres les ont affadies mais elles embrasent le ciel de cette nouvelle page.

Qui êtes-vous les lendemains ?
Joyeux, nombreux, ainsi soyez
Bien écrits sur les parchemins !
Hommes ! de la joie profitez !
Doré le soleil brillera
Dans ce monde aussi lumineux
Seront joyeux les renégats !
Ainsi vivront les amoureux !

Dès l'aube, ils s'éveilleront,
Enlacés dans leur doux somme.
Doucement ils ronronneront.
Elle lui offrira la pomme !
Lentement il la croquera.
Elle tentera ainsi le gueux.
À sa mie, il succombera !
Ainsi vivront les amoureux !

De leurs lèvres naîtra le chant !
De l'amour, ils diront l'heure.
Lentement, ils seront amants.
Tout embrassés, loin de leur peur,
Leurs lèvres diront des mots doux.
Leur univers sera tout bleu.
Ils se tiendront toujours debout !
Ainsi vivront les amoureux !

Seuls au monde, ils s'aimeront !
Leur corps ne fera qu'un pour eux,
Pour toujours à deux ils seront !
Ainsi vivront les amoureux !

Doucement, ils avaient détaché le crépi, découvrant alors accrochés à la teinte ocre de la terre, des brindilles, de fines branches, des feuilles, des pétales. Jamais auparavant ils n'en avaient vus de semblables ! Quelque main d'un lointain voyageur les y avait placés. Vives avaient dû être ces couleurs laissées là par des plantes tinctoriales venues de pays inconnus. Comme une respiration profonde, le mur les happait un peu comme Grand Jules devant le dessin de Petit Auguste. Sans doute étaient-ils les spectateurs d'eux-mêmes.

Demain, nous aurons le bel envol des oiseaux.
Le ciel pur et lumineux au loin s'ouvrira,
Le monde alors se montrera à nous si beau !
Le soleil dans les limbes fleuris brillera.

Demain, nous aurons notre amour et l'amitié.
Tous, nous avancerons sur un même chemin.
Humains ! En arc-en-ciel nous serons enlacés !
Joyeux, souriants, nous nous tiendrons par la main !

Demain, nous aurons les étoiles pour maison.
Sous la voûte céleste nous chanterons.
L'Univers criera sa si belle allégresse !

Demain, nous aurons l'éternelle jeunesse.
Bientôt, à l'horizon, se mêleront nos corps.
Tous ensemble, nous goûterons à l'âge d'or !

Le soir, à leur départ, ils ont refermé la porte, croyant laisser là le monde de leur maison, de sa maison ! Après avoir tourné la clé de leurs pensées, c'est alors qu'ils l'ont entendu murmurer comme déjà…

Debout, mes branches écartées
Caressent doucement la lune.
Mes feuilles chantent à la brune,
Frissonnant du vent frôlées.

Mes racines plongent dans le sol,
Écartant l'épaisseur de la glèbe.
Mes amis alignés comme la plèbe,
Regardent des oiseaux le vol.

Sur mon écorce égratignée
Deux tendres prénoms sculptés.
Dans mon ombre, les amoureux

S'enlacent simplement heureux.
De ma chevelure frémissante,
Glisse une mélopée apaisante.

Chapitre XI

Passent les heures, passent les jours, passent les saisons. Là sur le mur, l'araignée toute noire parcourt le temps. Elle se promène de branche en branche sur les quatre arbres gravés sur la pierre, images du pommier, gardien fidèle de la mémoire du lieu. De la rose floraison, elle passe au vert feuillage, s'arrête un moment près des fruits rouge sang et lentement, très lentement, s'accroche aux bras dépouillés, squelette dénudé sans vie de l'hiver profond. Puis elle reprend sa marche circulaire, déroulant ainsi les saisons qui sans fin se suivent, passant de fleurs en feuilles et fruits, pour s'immobiliser à nouveau un instant sur le bois noirci qui fièrement se dresse dans la froidure de l'hiver.

Du poète enchanté s'anime la prose.
De ces boutons de fleurs trop longtemps endormis
Mots et senteurs s'unissent alors en semis.
Bientôt écloront ceux que le ciel arrose.

Dans cet air alourdi d'un bel été brûlant
Flotte ce tendre parfum du buisson fleuri.
Les insectes volant sur le ruisseau tari
Lentement brassent de leurs ailes l'air pesant.

Tombent sur cette terre les feuilles roussies,
Accrochant la lumière du soleil au ciel.
Entends bien dans la vallée du berger l'appel !
Taches de couleurs oubliées d'un pré jauni.

Debout, elle et lui, dans cet univers glacé
Luttant si fort contre les embruns ennemis,
Ils affrontent le vent de leur face blêmie
Unis dans la force de leur couple enlacé.

Dans sa ronde incessante, elle passe ainsi des couleurs de la vie à la noirceur de la nuit. Reprenant enfin sa route, elle renaît de ses cendres. Elle semble guider leurs yeux dans la lecture secrète de l'histoire laissée là par la main inconnue… Sa course s'accélère tout à coup :

Éclats des bourgeons
Senteurs de la nature
Éveil du monde

Blondeur des blés mûrs
Pépiements des hirondelles
Chaleur des soirées

Feuilles mordorées
Champignons dans la forêt
Douceur des journées

Froidure gelée
Paysages enneigés
Les fleurs de glace

Enfin, mêlant ses sombres pattes à la ramure, invisible devenue, elle s'arrête, perdue dans la noirceur des branches arrondies, comme la chevelure crépue de la Belle inconnue.

Losanges glacés de cet hiver de frimas.
Frontière transparente d'un autre lointain.
Barrière dressée à l'horizon tout au loin.
Musique cristalline de l'eau ici-bas.

Violence de la froidure des éléments.
Violons aux sons clairs de neige et de pluie.
À tout homme il faut fuir au-delà les envies
Et lutter pour franchir l'ennui contre le vent.

La musique s'envole. Pour elle nul mur !
Elle chante par-delà les âmes au cœur dur.
Sa douceur rompt ce fin grillage englacé.

Le lointain horizon l'appelle aux archets.
Voir et entendre pour regarder aux confins.
D'un mur de glace fondue s'évader enfin !

De ses pattes, branches de pommier dénudées, elle s'arrache enfin au cercle de la vie pour disparaître dans la noirceur de la suie.

Chapitre XII

La semaine dernière, une nuit, il a neigé. Quand les enfants se sont réveillés, les couleurs avaient disparu, seuls les noirs squelettes des arbres nus se détachaient sur la blancheur du paysage. Par bonheur ce jour-là, point d'école, point de Nounou. À peine le déjeuner avalé, ils sont sortis, sautant dans la poudreuse comme de jeunes cabris. Bien vite ils ont voulu faire un bonhomme de neige. Petit Auguste a réclamé un bonnet rouge pour le placer aussitôt sur la tête toute ronde. Grand Jules, quant à lui, toujours plein d'inventions, a voulu façonner à côté une « bonne femme de neige » ! Mais comment distinguer les deux personnages ? Qu'à cela ne tienne, deux petites boules soudées sur la poitrine ont fait l'effet de seins et comme si cela ne suffisait pas, Grand Jules a planté deux graviers pour faire le bout des « Nénés ». Ensuite, il a demandé à ses parents de lui couper une « tranche » de la pomme rouge sang qui se trouvait dans le saladier sur la table de la salle à manger, pour faire sa bouche. Enfin, après l'avoir contemplée longuement, il leur a posé la question de savoir comment faire pour que la femme de neige blanche devienne noire. Tous deux étonnés n'ont pas bien compris son vœu, aussi leur a-t-il dit qu'il avait surpris leur conversation où ils parlaient d'une dame toute noire. Ils se sont regardés et dans leurs yeux, les images du mur sont lentement passées. Après réflexion, ils sont allés chercher de la cendre de la cheminée dont ils l'ont saupoudrée. Aux yeux des enfants, le noir et le blanc étaient réunis. Le blanc, le noir, le noir, le blanc. La journée s'est ainsi écoulée ponctuée par les cris de leurs jeux…

Peu à peu, les jours passant, les deux personnages ont commencé à fondre, à se flétrir comme des vieillards.

Ce matin, du bonhomme, il ne reste que deux boules bien diminuées, toujours surmontées du bonnet rouge. À ses côtés, la tache noire de la cendre dans laquelle se trouvent deux petits graviers et un bout de pomme tout flétri.

« La bonne dame » de neige, comme ils se plaisent à le dire, n'a laissé là que la trace de sa vie.

Chapitre XIII

Dans la nuit noire, funeste et ténébreuse, sonne au clocher du lointain village l'Angélus, résonnant comme le glas sombre et triste de cette grise journée.

Sous leurs yeux déjà :

Dans le vide désert, debout et décharnées,
Deux silhouettes d'acier se dressaient ainsi.
Le silence envahissait le monde atterré,
Pétrifié dans sa sombre posture infinie.

Dans ce chaos, seules les géantes statues
Penchaient encore en signe de soumission.
À leurs pieds, serraient leur main deux ombres menues.
La mort rôdait en ce lieu de séparation.

Tout n'était que silhouette et ruine sans vie,
Accablée à l'instant par l'espoir évanoui,
La terre n'était alors que pierre et ombre.

La blafarde lumière semblait si sombre
Que prier était ainsi bien dérisoire,
Car de la vie il n'en restait plus que le soir !

Chapitre XIV

Ce soir, Petit Auguste est triste : il ne reste plus que deux pages à lire dans le grand livre d'images. Les gros nuages d'orage arrivent bien vite sur la plage. Les parapluies remplacent les parasols et déjà Belette s'éloigne là-bas au loin. En faisant aurevoir de la main, elle laisse Nounours seul. Roudoudou lui-même semble malheureux ! Grand Jules avec une voix légèrement émue joue cependant son rôle d'aîné :

GRAND JULES : T'inquiète pas ! Quand on aura fini, on pourra recommencer au début !

PETIT AUGUSTE : C'est pas pareil ! On l'a déjà lu !

GRAND JULES : Oui mais il y a plein d'autres livres avec des Nounours, des Belettes et des Roudoudous.

Les parents se regardent, attendris devant cette attitude aussi sage et pleine de bon sens. Ils savent eux qu'il en est ainsi du cycle de la vie. Jamais il ne s'arrête, passant des joies aux peines et des peines aux joies. Aux couleurs vives succèdent le noir, le blanc auxquels succèdent à nouveau les couleurs vives et ainsi de suite. Le jour succède toujours à la nuit, la nuit au jour… La tristesse de leurs enfants les rend bien étranges ce soir !

ELLE : Que nous arrive-t-il ? Nous philosophons beaucoup ! Tu ne trouves pas ?

Et c'est avec cette succession de sentiments, de couleurs, qu'ils vont tous aller se coucher. Bien sûr, Papa et Maman iront plus tard, avec cette image si belle de la sagesse de Grand Jules.

Aujourd'hui, ils sont venus tous les quatre. Les enfants pourront jouer dehors, il fait beau. Ainsi ils ne vont pas respirer la poussière qui tombe du mur.

Elle et Lui sont comme leurs deux fils devant le grand livre. Il ne reste plus que quelques pans de torchis à dégager, là, en bas à droite de la cheminée. Ils ne peuvent s'empêcher de penser à ce qu'a dit Grand Jules. Les enfants ont l'extraordinaire chance d'oublier… Quoique le grand livre d'images subrepticement se soit glissé en eux ! Et toujours, Elle et Lui gardent le souvenir des mythes anciens si riches en profondes réflexions sur la vie. Ils pensent à la boîte de Pandore qui a laissé aux Hommes « l'Espoir » ! Est-ce de la sagesse ou de l'inconscience ? Nul ne le sait vraiment, mais n'est-ce pas ici la richesse d'imaginer, de rêver, de songer ?

Dans le tendre balancement
Des esprits ainsi torturés
Viennent les troubles sentiments
De l’amour et de l’amitié.
Doucement errent les Dames
Ici dans le ciel des Hommes,
Accompagnées de leur âme.
Vivons nos rêves en somme !

Seules, alors, elles erreront,
Âmes serviles des amants.
Tristes larmes elles pleureront.
Vibrant au loin de sentiments,
Elles chercheront ainsi leur sœur,
Marchant sans fin jusqu’à Rome,
Regardant tout autour sans peur.
Vivons nos rêves en somme !

Du monde intérieur renaîtront
La joie, l’amour et la douleur.
Heureuses et tristes seront
Les âmes aux si vives couleurs,
Puisant dans le vin le plaisir !
Doucement croquant la pomme,
Elles marcheront vers le désir.
Vivons nos rêves en somme !

Dans le monde clair et obscur
De la vie de tous les hommes,
Les joies et les peines durent.
Vivons nos rêves en somme !

Ils s'approchent tous deux du mur et caressent de leurs doigts les personnages gravés dans la pierre. Aujourd'hui, ils ont laissé marteaux et burins sans doute pour faire moins de poussière mais surtout pour détacher délicatement le torchis, découvrant ainsi le secret encore enfoui et ne voulant pas abîmer les dernières pages qui se dressent devant eux. Ils sont ainsi si proches l'un de l'autre ! Avec douceur, il insère le pied-de-biche dans un des derniers interstices. Peut-être est-ce à cause de son nom ou de sa forme en point d'interrogation qu'ils ont choisi cet outil ? Lentement, très lentement, s'ouvre la suite dans la délicatesse du geste. Un nouveau pan glisse à terre, découvrant une nouvelle scène d'où les couleurs sont absentes.

Une ombre de femme s'éloigne dans la noirceur de la suie. L'araignée va la rejoindre avec peine. Elle traîne derrière elle trois de ses pattes. Elle semble brisée et avance avec la lenteur d'un cortège.

ELLE : Regarde bien ! C'est la même personne que là-haut au début du mur ! Tu sais bien :

Une femme allait dans le vent de la rue
Telle une ombre en sa noire silhouette…

LUI : Qu'est-ce que tout cela peut bien signifier ? On a presque l'impression qu'elle disparaît.

Ton ombre au loin, s'étirait le long des arbres.
Tu marchais silencieuse dans la plaine.
Tu te dressais comme une statue de marbre.
Soudain, tu t'arrêtas dans ta course vaine.

Tu m'avais aperçu endormi dans l'ombre.
Ton cri m'éveilla, effrayé et tourmenté.
Je te voyais si seule dans la pénombre.
Dans mon silence si profond, je t'appelais !

Nos bras alors cherchaient à se nouer en vain !
Nous ne pouvions plus doucement nous enlacer.
Nos regards se brouillaient dans l'ivresse du vin.
Nous ne pouvions nous aimer ainsi éloignés !

Je t'ai vue disparaître comme un fantôme.
J'ai hurlé dans le silence de cette nuit !
Ton image seule est restée dans mon somme !
Mes yeux fermés dessinaient ton visage enfui.

Seul, j'avançais dans ma triste solitude.
Mon ombre suivait maintenant en silence
Accompagnant ma si pâle incertitude
Vers un monde vide rempli de l'absence.

Petit Auguste et Grand Jules, lassés de jouer, sont entrés subrepticement. Ils ont vu leurs parents immobiles qui regardaient. Alors eux aussi ont dirigé leur regard comme celui de Papa et Maman et doucement, tout doucement, sans faire de bruit, ils se sont montré du doigt les personnages inscrits dans la pierre. Ils ont bien vu que les deux ombres, pourtant tellement éloignées, étaient bien celles de la même femme qui s'en allait.

Enfin, comme s'ils sortaient d'un même rêve, tous les quatre sont repartis en silence, laissant là, toujours caché, le bas du mur à droite de la cheminée.

Chapitre XV

Sur la dernière page, le visage de Nounours, seul ! Il a l'air triste. Il n'a plus son bonnet rouge ! C'est la fin de l'histoire ! C'est la fin du livre !

Au bas du mur, le portrait. La gravure est violente, sèche. Les traits sont profonds et rectilignes. Point de la douceur des arrondis. Sur les joues roulent des larmes de pierre, blanches sur la peau grisâtre. La coiffe a disparu. Il est un homme que plus rien ne distingue ! Sans doute est-il l'image de tout homme !

Ses cheveux blanche demi-lune rayée
Son front trapèze rectangle déformé
Ses sourcils gros traits agrandis
Ses yeux profonds et décalés
Son nez large et évasé
Ses joues étranges pièces étirées
Son oreille trou percé
Sa bouche aux lèvres dessinées
Son menton galoche tordue
Forment ce visage bouleversé géométrique figure

Dans la violence du portrait subsiste encore au fond des yeux la douce mémoire de la vie écoulée. Ainsi la noirceur funeste du tableau se mêle-t-elle à la blancheur de la pierre.

Assis dans mon fauteuil, le bonnet sur la tête,
De mon doux souvenir, renaît mon enfance.
Sous la chaleur d'été chante un air de fête.
Tout petit j'allais, courant en cadence.

Du fond de ma mémoire jaillissent mes amours.
Semblable à mes rêves, paraît l'adolescence.
Jeunes filles aimées, je pense à vous toujours.
De mon trouble nouveau vient mon impatience.

La vie nous façonne. Adulte devenu,
Ma pensée profonde rejoint le temps perdu.
Des années anciennes naît ton visage.

Lentement, an par an, voici mon vieil âge.
Les yeux fermés, sage, devant moi croît la nuit.
Vieux et chenu, ainsi, j'attends le paradis.

Sur les joues de Petit Auguste roulent les larmes. Il se sent abandonné. Ses copains du « Grand Livre » disparaissent. Ce soir, il va tristement s'endormir, bercé de solitude.

Grand Jules, lui, sourit dans son lit. Sans doute sait-il déjà ? …

Là-bas, perdu et désespéré, une fois la clé tournée, la porte va se refermer éteignant sans doute la lumière noire de la nuit qui tombe.

Seul
Homme
Ton linceul
Dans ton somme
Crie l'absurdité
D'une mort infinie
La cruelle destinée
De joie aidera l'ennemi
Alors ainsi couleront les pleurs
Lentement s'allongeront parmi les fleurs
Retrouvant ainsi le destin de leur père
Soudain ils se lèveront heureux et fiers
S'éloignant enfin du monde de la peur
Ils reviendront joyeux sur la terre
Pensant à leur terrible bonheur
Au son des flûtes paradis
Macabres ils vont danser
Face à leur simple vie
Ils pourront s'aimer
Jusqu'à Rome
S'ils veulent
Hommes
Seuls

Chapitre XVI

Ce matin, Grand Jules est heureux. Il court dans la maison, le sourire aux lèvres. Petit Auguste quant à lui a l'humeur plus sombre. Il tire fort sur la « tototte ». L'image d'un Nounours disparaissant ne le quitte pas ! Bien vite l'aîné prenant la main de son cadet, l'entraîne dans leur chambre et c'est avec l'air réjoui que les deux ressortent rapidement !

Curieux comme une belette, Grand Jules avait retourné le livre et découvert que leur héros continuait sa vie dans bien d'autres histoires : à la montagne ! À l'école ! À la campagne ! À chaque fois, la tête d'un Nounours hilare allait pouvoir les emporter dans bien des mondes… Petit Auguste comprend ainsi que le mot « fin » n'est qu'un passage vers une nouvelle aventure ! …

La journée s'étire en longueur tant ils sont impatients, Elle et Lui, de découvrir enfin la petite partie basse à droite de la cheminée qui garde encore en elle un secret non dévoilé.

Lorsqu'ils arrivent devant la grande grille de leur nouvelle maison ancienne, ils voient une femme âgée presque aussi large que haute. Elle promène un chien qui paraît minuscule à ses côtés. Elle semble lentement slalomer tellement sa démarche est hésitante et peu sûre. Lui ne peut s'empêcher de dire qu'elle roule au gré des creux et des bosses. Tous deux l'attendent pour lui souhaiter le bonjour.

LA VIEILLE DAME : C'est-t-i vous qu'habitez dans ce mesnil ?

ELLE : Oui, nous venons de l'acheter. On commence à faire des travaux !

LA VIEILLE DAME : Eh ben, vous z'avez pas fini ! depuis l'temps qu'y a personne là n'dans !

LUI : Savez-vous qui l'a habité ?

LA VIEILLE DAME : Mes grands-parents disaient qu'autrefois y'avait un marin avec son Égyptienne qu'il avait ramenée de là-bas ! Y s'promenaient toujours la main dans la main ! Y parlaient jamais à personne ! Y z'avaient l'air amoureux tous les deux et pis un jour, on les z'a pus revus ! Y z'avaient disparu !

Elle et Lui se regardent intensément. Vont-ils ce soir découvrir ce qui se cache derrière le livre de Nounours ? Après quelques paroles échangées qu'ils n'écoutent plus, ils prennent congé de la vieille dame. Il insère la clé dans la serrure et ils entrent dans la salle où les attend le pan de torchis en bas à droite comme la fin d'une page.

Infiniment lentement, infiniment délicatement, avec le pied-de-biche, il fait levier. Seule une partie se détache, laissant encore recouverte l'extrémité finale.

ELLE : Regarde là, un oiseau ! Un échassier au long bec courbé vers le bas. Noir et blanc, blanc et noir ! C'est un ibis ! C'est l'Ibis sacré du Nil !

Tous les deux ne peuvent s'empêcher de penser à ce qu'a dit la vieille dame : « son Égyptienne » ! Impatients, les mains tremblantes, ils détachent enfin le dernier morceau de crépi. Un oiseau beau et fier, multicolore, l'air arrogant, se dresse dans la splendeur de ses teintes. Ses plumes longues et souples se dessinent sur la pierre. Seules ses pattes semblent enfouies dans la noirceur du bas du mur ! L'un et l'autre se regardent. Quel étrange animal ! Eux, qui sont passionnés de nature, n'en ont jamais vu un de pareil !

Au bord du Nil, dans une oasis,
Se promenait un bel ibis.
Dans l'eau du fleuve il se mirait,
Et comme Narcisse s'admirait.

Phénix s'approchait fièrement d'Héliopolis
Afin que tous puissent voir son sacrifice.
De ses atours les plus beaux il s'était paré.
Approchant l'immortalité des flammes de son bûcher.

L'ibis le rencontrant voulut se lier d'amitié.
En quelle noce vas-tu ainsi plein de beauté ?
Le Phénix méprisant lui répondit qu'il allait vers l'éternité.
Point n'était besoin de se marier car des cendres il renaissait !

Mieux vaut l'amour connaître
Pensait l'ibis que de cendres renaître !

ELLE : Ne penses-tu pas qu'il s'agît d'un animal mythique ? On dirait le Phénix ! L'image même de l'immortalité. Celui qui renaît de ses cendres !

LUI : Tu as raison ! Ce ne peut être que lui !

De son nid, il contemple ainsi les geôles,
D'ici surgissent les colères d'Éole.
Des bancs naissent des mondes imaginaires,
Seuls, les enfants voient cet être éphémère.

Grands, ils ne croiront plus à l'oiseau adulé,
Ils auront leurs rêves enfantins oubliés.
De leur croyance sont perdues les épices.
Pour les grands, sacrifiées les pensées finissent.

Seul, il s'envolera vers les temps éternels.
Isolé, il vivra sans aucune querelle.
Il montera ainsi vers le char du soleil,
Mais jamais il ne rencontrera son pareil !

Dans le songe des hommes, il sera mythe.
Et toujours se réfugiera dans la fuite.
Tous le verront dans sa si fière attitude
Mais pleureront de sa triste solitude.

Ce soir, ils repartent pleins d'interrogations. Devant le mur dénudé, rempli d'un monde qui leur est encore étranger, ils ne l'ont pas vue, cherchant avec attention sa tache noire comme une marque de ponctuation.

Chapitre XVII

Tous deux en cette fin d'après-midi, se tenant par la main, font face au mur. Ils relisent consciencieusement cette page dont la verticalité ajoute encore du mystère à la démesure de l'œuvre. Leur dernière nuit a été peuplée d'images, de portraits et d'oiseaux. Un mot est revenu dans leur songe : « son Égyptienne » ! Peut-être la vieille dame sait-elle encore bien des secrets !

ELLE : Tu sais l'ibis et le Phénix sont des références à l'Égypte. Quoi d'autre encore peut nous conduire à cette antique civilisation ?

LUI : J'ai bien réfléchi et je me suis demandé quel était le rapport avec ce mur peint et ce pays. Il m'a semblé voir des hiéroglyphes comme dans les pyramides !

ELLE : Bien sûr, dans les chambres funéraires des Pharaons, les parois étaient couvertes de l'histoire de leur vie. Et ici, n'est-ce pas cela que nous avons sous les yeux ?

LUI (*souriant*) : Tu imagines que notre maison aurait été habitée par l'un d'entre eux ? Elle est ancienne mais pas à ce point-là. Heureusement ! Nous rêvons éveillés !

ELLE : Tu sais, c'est souvent dans la conclusion que se révèle la solution. Ici nous avons Phénix paré de toutes ses couleurs mais à ses pieds tout est noirceur ! C'est l'image de l'éternelle renaissance ! Il naît à chaque fois de sa mort purifié par le feu.

L'un et l'autre dirigent leur regard vers la grande cheminée. Là, au fond de l'âtre, des restes d'une ancienne flambée ! Des cendres accumulées forment une petite montagne gardant peut-être sous elle quelque mystère.

ELLE : Nous avons entièrement dégagé le mur mais il reste encore ceci !

Alors, tous deux prenant une pelle et un seau commencent à enlever délicatement la poussière de feu. Nounours et Belette jouent au sable ! Les dalles disjointes leur apparaissent par touches comme si le balai était le pinceau du peintre. Ils perçoivent çà et là des lignes de gravure et plus ils avancent, plus ils découvrent deux silhouettes si proches l'une de l'autre. Les épaules des deux gisants sont tournées vers le ciel. Ils se tiennent par la main. Leurs visages, de profil, se font face. Ils se touchent presque, mais reliant ici leur bouche, le corps de la sombre araignée, de ses pattes allongées, semble mêler leur souffle pour n'en faire qu'un !

L'une noire, l'autre blanc dorment deux gisants
Dessous la cendre grise, poussière de feu
De la couleur des flammes doucement naissant
Appelant ainsi l'éternité de leurs vœux !

Déjà immobiles à jamais, ils renaîtront
De la noirceur s'élèveront les lumières.
Pour toujours enlacés les amoureux vivront
Enfantant alors la vie de leurs prières.

Comme Phénix, les hommes seront éternels !
Debout, se nourrissant de la terre et du ciel,
De leurs ailes déployées aux mille couleurs,

Bientôt, ils s'envoleront vers la vie sans peur.
Lors se tenant par la main ils seront heureux !
Noir et blanche ainsi vivront les amoureux !

ELLE : Alors ce mur vertical raconte toute une vie dans la posture d'un être debout et le fond de l'âtre horizontal représente la mort !

LUI : N'as-tu pas l'impression que cette histoire est sans fin et recommence à son tout début ? N'est-ce pas là le mythe de Phénix ? Que penses-tu aussi de ces deux gisants si près l'un de l'autre ?

ELLE : Bien sûr on ne peut s'empêcher de penser à Pyrame et Thisbé, eux dont le sang a rougi les fruits du mûrier, à Tristan et Yseut réunis par les branches des deux rosiers naissant dans leur tombe séparée, à Roméo et Juliette… C'est l'image d'amours éternelles ! Éros et Thanatos à jamais réunis !

LUI : Dans toutes les légendes, c'est de la mort que naît l'immortalité !

ELLE : Une chose m'intrigue cependant. La vieille dame ne nous a-t-elle pas dit qu'un jour ils avaient disparu et qu'on ne les avait plus jamais revus… et si…

Tous deux se penchent sur les dalles disjointes pensant alors à des pierres tombales. Là où se distingue la silhouette de l'homme, elles semblent avoir été replacées maladroitement, comme si quelqu'un s'étant glissé dessous avait essayé de se recouvrir, un peu comme une Vestale emmurée vivante !

Ils se relèvent enfin et leur ombre projetée épouse les gravures au sol de l'âtre.

Elle, qu'un léger frisson parcourt, se serre contre lui. Ils se regardent intensément et leur bouche respire le même souffle. Sans parler, ils savent tous deux qu'ils seront à leur tour les marins au bonnet rouge, les femmes noires et qu'ils participeront au « Grand Cycle » et qu'ils sont comme tous, « les

Passeurs de la vie ». Dans leurs yeux jouent gaiement Grand Jules et Petit Auguste.

Ils ne voient pas la si petite araignée toute noire qui vivement sort de la cendre et se précipite en haut du mur à gauche pour s'arrêter sur l'ombre de la silhouette sombre de la femme, au tout début de la page.

Chapitre XVIII

La lune longe lascivement le logis
Elle entraîne en elle éta et épsilon étoiles étourdies

Mars maintenant monte militairement
Ennemi éternel en Enfer émergeant
Sur son siège sortent ses soupirs soulagés
Nourrissant notre noire nature noyée
Irréel il imagine ici Isis
Loin libérant la lune lisse

Anubis apparaît aux âmes attaché
Uranus ultime usager ulule un univers unique

Séléné soulève son sourcil sévère sur ses sœurs
Elle éclaire encore éblouissante
Ces cascades cristallines coulant calmement
Râ rougissant renaît riant résolument
Esprit éternel espoir éclatant
Ta terre tourne tourne toujours.

Imprimé en France
Achevé d'imprimer en juillet 2022
Dépôt légal : juillet 2022

Pour

Le Lys Bleu Éditions
40, rue du Louvre
75001 Paris

www.ingramcontent.com/pod-product-compliance
Lightning Source LLC
LaVergne TN
LVHW052053160826
845678LV00015B/3208

* 9 7 9 1 0 3 7 7 6 9 4 8 0 *